光阴中的爱意如此深沉……

我今晚梦见了比秋天还长的沙漠

展翅 著

上海文艺出版社

图书在版编目（CIP）数据

我今晚梦见了比秋天还长的沙漠 / 展翅著 . —— 上海：
上海文艺出版社 , 2023
　ISBN 978-7-5321-8688-4

　Ⅰ . ①我… Ⅱ . ①展… Ⅲ . ①诗集—中国—当代
Ⅳ . ① I227

　中国国家版本馆 CIP 数据核字 (2023) 第 030743 号

责任编辑：徐如麒　毛静彦
封面设计：八　也

书　　名：我今晚梦见了比秋天还长的沙漠
作　　者：展翅　著
出　　版：上海世纪出版集团　上海文艺出版社出版
地　　址：上海市闵行区号景路 159 弄 A 座 2 楼　201101
发　　行：上海文艺出版社发行中心发行
　　　　　上海市闵行区号景路 159 弄 A 座 2 楼 206 室　201101
　　　　　www.ewen.co
印　　刷：天津兴湘印务有限公司印刷
开　　本：880×1230　1/32
印　　张：6
字　　数：100,000
版　　次：2023 年 3 月第 1 版　2023 年 3 月第 1 次印刷
书　　号：ISBN 978-7-5321-8688-4/I.6840
定　　价：68.00 元

（敬启读者：如发现本书有印装质量问题，请与印刷厂联系 0512-52646971）

序言

　　生活中大部分的时间都在消磨意志，还好可以把坚持写作当作一件兴趣事情去做，但也没有那么专注，偶尔在碎片时间记录一些小小的感触。

　　距离上一本书的时间相隔 2 年，完成了 200 首诗，此次摘选了 107 首。许多情绪有感而发也并不代表什么，随着年龄的增长，克制而沉稳是必要的，所谓的大起大落的情感迸发少而又少，只是一刹那的、微小的心里触动，让时刻反思中获得灵魂的自由顺畅。

序言

那些零散的小事像潜伏在暗涌中的水草，有你看不见的生动和枯萎，

一段一段的时光，叙述如风一般飘散，有趣的、无趣的、在流逝中都没有人在意。

这些思绪的累积，在某个夜晚犹如沙漠一般堆满了我整个秋天。

2022 年 11 月 5 日

C目　录
●●ONTENTS

□辑一

目 录

□辑三:

□辑五

目 录

辑一

七月的流星雨在苍茫中划过
风中的胡蝶群也恰好飞过
饱满的种子也洒落一地

这次遇见被形容为山穷水尽

这次遇见被形容为山穷水尽

我掏空了隐藏的悲鸣与喜悦

只剩下轻飘飘的身体等你把它拎起

这遥远的挥之不去的断港绝潢

饱含的辛酸需要落下

在人群中模糊　在尘世中埋没

昼夜分明的寒露之时

他不懂得叶落散尽

这一场霜把绝望覆盖的还有一丝秋意

被劫持后的荒　空在我心的深处

夜客

火车往北运走皮囊

田野被割完留下空旷

连一座坟也没有

哪里藏住他的牵挂和忧伤

火车往北刺穿秋天

田野割完守住寂寞

没有汽笛声

只有昏昏欲睡的过客

他在颠沛流离中曾发现誓言

事实被牵绊

早已来历不明

Mojito 在跳舞

这夜晚的光在言谈中变得迷惑

她的美丽在恍惚中的暗示显得廉价

Mojito 在跳舞

手持杯盏的人　心在雀跃

达不到的途径　罢休如落败的棋子

贪念尤其固执　所以进退两难

这一步走的唐突

在整个夜晚中用醉意冒险

藏在酒杯中的心来回地晃

Mojito 在跳舞

没有人在意

七月的流星雨在苍茫中划过
风中的蝴蝶群也恰好飞过
饱满的种子也洒落一地

总在无数的日子里承认万物遵循的规则
在心里埋藏的那池湖水收纳了日月星辰
这秘密你不曾发现

一颗,一颗,一颗……
我都未曾许下任何愿望

我今晚梦见了比秋天还长的沙漠

要等到木棉花开我们相见

七月的尾巴抓不住这南方的火

短讯传来言简意赅

梅雨季　三伏天的潮湿让思念发霉

北方的雨来得比较迟

夹杂着干裂的风把情吹出裂纹

我说你把潮湿的羽毛寄给我

晾干之后归还

我今晚梦见了比秋天还长的沙漠

那苍茫中行走的骆驼

披着羽毛跋涉在九月

西樵镇

整个下午都在抽烟　喝梨汤

这两样东西毫无关联

烟雾吐出　剩下的欲言又止咽回了肺里

在珠海　佛山或者是重庆的某一个地方

是生长浓密茂盛的旧事

八平方的空间因为无话填满显得空旷

可以堆下西樵镇所有的山河

仿佛记得那年在西贡寄出许多明信片

准确的地址和姓名　可他们都没有收到

有关

旧风景被飞驰时光甩得稀碎

所有的愁苦被置换为繁花

他不再有过往　只有来路

未曾当面否决

便默认了上苍的安排

光阴未有居心　只是打了个照面

万物生存来的坦荡

保持沉默的过去都不是秘密

也不值得一笔勾销

人间辽阔　足以埋了许多人的伤

比如　我们年少时的相识

人间辽阔
足以埋了许多人的伤

比如

　　我们年少时的相识

算命

他开始信命

楼梯　落叶　颜色

一切的事物都暗藏玄机

蛰伏已久的蓄谋不露声色

他开始信命

起伏跌宕的思绪被凝聚成药

等待被点燃的爆发

他开始信命

曾在夜晚摔碎的时间　拼凑着命运

黄粱一梦　无法醒来

他开始信命

翻出心里的一块块疤痕

细数过往　你像是拿着一把打输的牌

橘子

我不能兼顾爱恨取舍

它在一个下午

扰乱了阳光的明媚

信息中的每一个字

都在喜悦中翻滚跳动

堆积的拼凑的

是喜悦的表达

手中剥皮的橘子袒露出艳丽的黄昏

一瓣是你的冰河

一瓣是你的星矢

当我吞下这些星辰

还有未理解的核

心中长出赞美

都是关于你

溺水

我们在深夜里喝酒

她没醉

话语间接迷离

慢慢沉入海底

又奋力冲上海滩

昏暗的光趁着月色来回萦绕

像安全员巡视着危险分子

谁要开口就把月色吞下

也算是圆满

幻象之鱼

眉眼和夜色一样低沉

低到尘埃

她的眼神是一杯酒

也是泄洪的闸口

我们从凌晨两点半出发

在深夜里拼命地游

斟满的酒水充满氧气

令思绪饱满又暗藏杀机

无声

在逐一论证的观点里探寻认可的态度

像是奔赴一场破败的盛宴

自由脱去伪装　撕开心扉

话题在断续中沉默或延展

像我们卡住的人生

长夜如关怀一般包围

所有的触动

七零八落没有回声

他的默然让人担心

像这深夜一样肆意蔓延

掠梦者

掠梦者在深夜中行走
潜入黑暗中捕获哀伤的心

他深知荒唐的想法会在漆黑中绽放
在梦里制造欢愉的芬芳
他深知这样的解脱是又一次坠落
在冰原和险峰中掠杀诱惑

月色填补着未曾抵达的信念
他的憎恨都不被留下

要深究　要迂回
纠缠于茫然的黑
无法丈量的梦境
也无法安葬那些七零八落的心

定律

一想到你

茶叶就在杯中荡漾

在无法被定义中发酵

苦涩融合微甜都将被混淆不清

无意

那些有意无意的小心思

比如　你对她说天晴

比如　你对他说花开

而我的担忧是阳台上未晒干的衣服

思虑是舒展的云

与物　与情不能

暗处的光有热

罅隙中的暖

只能算一种苛求

与爱无关

我往北走

我往北走

走出了原谅和困苦

一壶酒

醉倒原来

一壶酒

醉倒以后

我的原乡和初梦

都醉得支离破碎

我的悲伤如雨般明了

滴滴落尽在这出生的土地

我的寻找如我的失去

该散落的散落

我要往北走

有凌冽的风

有迎春的雪

足以覆盖前尘旧事

行色

春色葱葱藏在细雨里含着羞涩

衣橱里哪一件衣裳都配不上它

旧模样就不值得怀揣春风

这样的对比在心中纠缠几回

行色焦灼的人被算命的瞎子一眼看透

她给予的荒诞都是暗示

卖金鱼的贩子挂满透明胶袋

一只只大眼睛瞪着我

像一排排的问号等待着解答

途

像飘落异乡的种子

在沉默中生根

季节中的伸展都包含着思绪

这沉重的思绪开不到荼蘼

藏在心中的那些生死攸关

像谎言

像经历

像一场劫途

又像是一场盛开

被囚禁的远方

不需要流言蜚语来指证

歪下头的残枝对着冰面不语

像祭奠埋在暗流之下的根

他说我们为何在中年过的如此紧张

那时在河边湿了鞋子沾满泥沙

说过的话和爱过的人都不算了

如今的微笑像是谎言

未有的坚持像绳索在远处等待了结

在蹒跚步履中

在逐渐地遗忘中

听　神在唱歌

那悦耳的声音似曾相识

谈论到死亡和埋葬的方式

春天我在你路过的那棵树下
告诉你别忘了与山桃花合影

夏天我在凉风亭中
等翠鸟捎来你的消息

秋天我飘在野鸭湖里
岸边还有你散步的身影

冬天我覆盖在芦苇丛中
只听见雪花飘落的声音

辑二

你是我掩藏在心底的旷野

而我是你眼中的一滴泪

念

——母亲走后的 3 年

父亲的衰老像搁浅的鲸鱼

泛黄的眼中浓缩着

他越过的山涉过的水

他缓慢而迟疑地表情

像审问

与岁月对峙蹉跎

手上的表转转停停

像他的记忆兜转迂回

有时轻巧的风吹过

掩住他耳背的听觉

碎碎念念

"你妈妈把茶叶放到哪儿了？"

"让她做菜不要太咸……"

告别

父亲　我只能送你到这儿了
你八十多年的路走到我人生的一半
我将独自一人摸着石头过河
齐腰的河水像漫过了我一半的人生
岁月寒苦　我没懂你

父亲　我只能送你到这儿了
告解的话就不要说了
我有我的蹉跎你有你的悲凉
夕阳的余晖再暖也会被黑夜吞没
人情世故　你没懂我

父亲　我只能送你到这儿了
母亲曾缓缓地告诉我美好即逝的时光

如果花朵盛开的意义只是为了取悦

所有的爱都将是一场衰败的奔赴

万劫不复　你没懂她

父亲　我只能送你到这儿了

那些惊心动魄的家庭关系薄如纸砂

好像一次荒谬定律

错和对都让失去来承担

筋疲力尽　我们都没懂

父亲　我只能送你到这儿了

你不需要向我告别　同样我也不需要

世上哪有天伦之乐仅供参考

这飘来荡去的　浮浮沉沉的人生

夹杂着亏欠

是尾声　也是开始

空巢

黄昏来的悠沉

燕子衔泥堆砌家园

我的祈念是这春天的风

旧事一提纷纷如雨

在跌宕的梦中升腾过也坠落过

用来祭奠的温暖

没有在任何一个夜里温存

我相信的来世　是虚幻的

那日看燕子南飞

留下的巢

装满的空

照进房子里的光　暖的像安慰

也把记忆烫伤

老街

细雨中的老街

弥漫的像一段消失的时光

被拎出来的旧事犹如一道光　也是一把剑

颠倒的轮回中被照亮　也被割断

扣紧的衣衫捂不住五月的微凉

倒在暗湿街道上的影子

仰头看着人间的苦

你远处蹒跚的背影

手提苹果梨子或是新鲜的蔬菜

我的眷恋和恍惚着

缩影成一个斑点

是人世间的一个疤

我的眷恋和恍惚着

缩影成一个斑点

是人世间的一个疤

母亲

你是我掩藏在心底的旷野
而我是你眼中的一颗泪

岁月的风吹过年轮
待到野蛮生长或落败

满眶的枯竭分解成痕
总在任何境况挟制思念

满心的思念
最终转化为我的内心的结
而你就变成了我眼中的那颗泪

大伯

没有被遗忘之前他先将自己粉碎

在西南向北方向选好归处

那肥沃的土地可以容身　可以把白骨化为养分奉上

他不吃药了　那苦过黄连的命不值得再去营生

锄头已锈　没有刨开收获的能力

谁愿意播撒种子　谁就去播种吧

季节也和我没有关系

平生寡淡　世情凉薄

这余生是点不着的湿柴　带着熏眼的烟看不清了

呛到最后一声咳嗽说不出苍凉

油菜花四月开　麦子七月成熟　都和他没关系了

秋后的蝉嘶哑挣扎声不要提醒

这剩下的喘息也算波折

其他的都不算

清明

清楚了今生

明白了今世

在人间的事一笔勾销

至此　所有的怀念都是雨

认命

你的美貌在苍茫的麦田中黝黑得像晒焦了的种子

整个七八月的季节等待被收割

喜悦将变成荒凉而空旷

老人说美貌不能当饭吃

也不能当种子播下

当刨下的锄头开采不出光明

她的容颜也会在光阴里黯然

日月丰满是收获采摘

却遗忘在季节里的女人

田野里布谷鸟也在提醒

没有人知道这芳华在随风吹起

她手中的镰刀飞驰般放倒一把把麦子

微光中的面颊有金色的汗水模糊了哀伤

意念中被刻上两字　认命

角落

六月　暮色在垂柳的摇摆中渲染
我不能确定
这光阴中或多或少的挂念

单薄的悲喜像摆动的枝条
暗沉中旧事像大病复发一样
我的焦灼和不安悬浮在身体中
这两种的关联交替足以要了命

我知道　你

曾把我放在光明中视如珍宝

也把我的月亮从河水中捞起

我没有什么痛苦　喜悦和你分享

在被风吹过的那个下午

在低眉思虑的瞬间

我轻的像风

我今晚梦见了比秋天还长的沙漠

贯穿

我不用担心什么节气

谁来芒种　谁来收割

谁来冬至　谁来盼春风

失去的是前尘

是归路

拿什么来开解时间的苦

这风雪荡漾的尘世饱含过多

你的感慨　不是别有用心

也不是伤害

这场人生赴汤蹈火

在前尘与归路中贯穿

而我需要的是一种平复

过隙

小镇上的那家店

菜盒子馅少皮厚

像我的童年

被狠狠地包裹着

"家美超市"的名字像一种讽刺

依然记得那对开超市的夫妻

每日打架到街头巷尾

老房子在街道最尾处

破败着

沧桑中饱满着

惦念与辛酸

这场到来是孤独的

未打开的秋色都暗藏着汹涌

未曾开口的话

压在来时的云中雨中

时光没有知会苦难因果

所有的亏欠像是赐予

我早知道啊　这是一场长久的道别

赴汤蹈火的心指引的是虔诚

那些安稳的情绪被摊开

握不住希望却抚平了生活

决堤

麦子发黄时
你的离开
那场雨就堆满在双眼中
这悲凉的收获
注定是一场水灾

雕琢

总是有过多的怀念在心中延续成冰

过往澎湃的心　欢喜的心　都被封冻

焦灼不安的惦念也挂在落叶的枝头

摇摇欲坠的情感在隐忍中化成灰

我拿生身来做雕琢

还原世事给我的样子

我的满足　失落都不要刻画

我的悲哀　喜怒也不值得记录

这未能达成的绵长之恩

在踉跄跌宕的半生里

把遗憾烙在皮肉中

都比不上你们对我的失去痛

都比不上你们对我的疼

秋

向北方的云　总是很低

它携带着半生的回首和沉重的魂

还有来不及的道别

压在眉梢　不能抬头

飘过麦田卷走收割的信息

柿子树在那里结着孤零零的秋

院子敞开心扉　等待着一轮满月

月光单薄　填不满心中的白

所理解的虔诚陌路　被时光收割

我也可能不要归期了

因为这思念无所适从

蛀牙

你是长在口中那颗蛀牙

说出的每一个字都饱含着疼

那一年 13 岁的倔强

是傲然结在枝头的果子

那一年 17 岁勇气

是试图盘飞的鹰

25 岁懂得看流逝的青春韶华

在之后
人到中年满目的憔悴之间
懂得宽容以待之间
啃掉了生活的预设和假象

我得到怜悯
是藏在口中那颗蛀牙
被沦陷时的不能咀嚼
不能碰

花

捧上枝头的艳丽

被赞扬被崇拜

你是擎举着我的枝

你是埋藏在泥土里的根

每一次的凋谢　枯萎　散落

都将荣耀的腐烂埋下

那是一种回归

也是我扑向你的绽放

芒种

布满光晕的月　懈怠着旧事

被重提的故人在心头暖了三分

我们热烈讨论麦子的收割　玉米的播种

远方的家乡和疏离的亲情

刚想赞美这欢愉畅谈

柳梢上的月就消沉下去

杯中的酒也已喝光

我叫了的车

已经排到 27 位

落下的根

翻腾的春色被卷起
连我的疑问与焦虑都被卷起

云　被抛弃在更远的地方
身陷愁苦的人一旦被困
摇摆的风
会把思念吞没

大雁群向远方延伸
偶然的三两次叫声
是说明来时的那些关于

弟弟

弟弟　温热了的酒你要喝下
这一杯　饱含来时去路的坎坷悲伤
请咽下这春秋寒冬　咽下这日夜星辰

凌晨的火车在浑黄的光晕中来得像暖
足以容下你的疲惫和无望
不需要一滴泪来收割沧桑

这暗夜之后
你要经过桥　路
隧道　和光明

在终点的车站
在融入大城市的车流中
票根已随风而去

与春天有关的希望

我要走了
故乡的风吹得缓又急
是相送也是拉扯

将覆盖记忆尘封成一坛酒
我不能打开
它一喝就醉

与春天有关的希望都要在春天遗忘
每一次的寻找都埋在这坚硬的土壤中
我是你的种子
却没有在任何季节里开出花朵

我什么也没有留下

过往的人也无从诉说

河岸的草长满记忆

它只能在秋天腐烂

我走了

在你的无声沉默中

穿过风　穿过布谷鸟的叫声

穿过云月

辑三：

没有记录，没有回应的二月

春风是藏在岁月里的刀

小丑

声色里你的狂妄凌厉逼人

喷出口的烟雾像光环像迷途

言不由衷地笑成一个面具

锦衣华服下

只有那颗心掩藏的巧妙

口如悬河的声色里

那皮囊单薄的像一层纸

恍惚中一点就破

COCO 小姐

coco 小姐没有珍珠项链，没有华服加身
她在深夜里买醉　买欢乐
coco 小姐没有显赫地位，没有身份傍身
她在大局中奉献嬉笑　怒骂
coco 小姐没有爱与纠葛，没有炽烈舍身
她在红尘中自我生长　开花

岁月的刀来回地刻，满身伤痕
日子漫不经心，生活无法分身
她心里的秘密无法示人
也拔不出陷在淤泥里的根

这浅淡刻薄的人生对你并不友善

最开心的酒是年华的毒

沉甸甸的忧伤里裹着糖

流淌的潮总含着诱惑

这机遇算什么

白昼中的流星

暗夜里的下弦月

coco 小姐杯中的酒

艳红指甲边缘　未燃尽的烟

巫婆

黄昏中嵌入身体的落日

在深夜里散发着鬼魅的思想

姿态在恍惚中迤逦

脱下灵魂的影子等月光晒干

那颗被命名的星星坠入梦河中

一刹那的光影像暗示

像释解关于前程吉凶

这暗中的伎俩是刺

紧握着它的人满手是血

只要黎明前的翠鸟捎来鬼针草

因为它知道昨晚谁被毒蛇咬伤

屠夫

暗沉的风变得明朗

思维也一样柔顺

夜雨滋润让心念埋藏生根吐芽

值得期盼的不是果实

有来往的平凡　抑制悲凉翻腾

光鲜的肉体在风里荡漾

我的信念是被剥离后的躯壳

是谁在这春光明媚中割走青春

没有记录　没有回应的二月

春风是藏在岁月里的刀

偏离

被标榜过的爱意困在狭隘中暗示
所有的关联似是而非

陈年旧意支离破碎地拎不清
像一壶呛口的老酒

这种刻意的谋面从何说起
名字和面孔未能重叠成一个人

和这个下午这段时间无关

道别或是再会
闷声不响

烤肉店里的相识

两人二意三心
说着冠冕堂皇
对方抖腿不止
他表情反复

他翻着烤盘上的温度调节心情
对方吞下了热
对方吞下了酒

他抽了 6 支烟
他起身 6 次
像是打了个平手
在这火热的局

交错

这莫名的关系

没有起始因果

冷静下的状态是一种摧折

感悟被命运安排的戏弄也好

是一厢情愿也好

时间与人不语　都算是交错后的默认

往北往南都是方向　而结果没有坐标可寻

被捂住的心脏里充满压制　快把血逼出来

感性的力量比刀锋利

它不能对准胸口交出真话

现实的慌与谎都是孤独的

这翻腾奔赴的情感流淌着江河湖海

内心的堤一旦决裂

被淹没的花　没有和季节相遇

泡沫

他没有吐露心声

也没表明性格立场

他的精明像一摊水

摊开的阴影填满心思

与渴望承认的身份显得滑稽

昂起的骄傲在光天化日之下孤注一掷

侥幸中仅存着卑微

在叹息中吐出对自己的赞美

农夫

我为何要理解你的忧虑悲哀

这多余的相识被你坦白的像一场美梦

瞬间的赋予让情感被加重修饰

波澜在深处涌动

是贪吃的蛇

我不愿做个农夫

世间的救赎并不能来自渴望

希望是挖深的牢笼

谎言和诺言将被同时埋葬

怀抱凉与暖

是镇守　也是防退

了解也是成全

甲乙

谁的小情绪来得突然

谁的默认就是枷锁

在意来得唐突

没有根据

没有诉说与破解的谜

所有缘来的关系

只能被迫与……

你是我的甲

我是你的乙

交谈

杯中的夜很深

话题牵强像弹落的烟灰

这酒喝得疲倦不堪

咽下往事　难以喘息

充满玄机的岁月

如光色中的影子　长长短短

青春年华滴着血

染满梦想和现实的画

不能聊岁月无情

连心生厌烦都找不回

投降

在陌生之间　未曾把思量藏好

这一场雨便直接穿过

这奔放的七月被淹没在迟疑中

谙熟被崇拜

被迂回中试探

它们不值得被拿来需要

来不及啊　你的谄媚像闷声的雷

是未上膛的枪

你看啊　我已高举双手　把虚情假意举起

在大雨磅礴时

诱惑流成一条河

恰不逢时

容颜摆在局面里当做筹码

交换时要伎俩来平衡

概括了侥幸

当一场赌注

也是一次赔付

有时祈愿　有时心安

某与某　恰不逢时

清梦

雨水在一整夜灌进梦里
整夜的幻想一直泡着

在时空的交换中要奋不顾身
至少能留住梦中的一部分

喧嚷和缤纷在身体中积攒的潮　汇集成河
不由分说的来路归途也掩藏在其中

被追赶的忧伤遗落在三更时分
此刻的无措来的迅猛

在黎明
这一点点的哀怨轻得一碰就碎

失语者

眼神中所有的饱含是江河湖海

心是闸口　紧拽着奔泻的崩裂

不能承诺的开口

不能贪食的诺言

一生将就　委曲求全

时间默认你是个好人

你好　谢谢　对不起

余路

没有言语的构想

无法表达这种奚落后的残局

谁的灵魂也不需要拯救

我的思想不够穿透力

也无法去融化你的满腹的承重

我不停的颠覆自己　造化自己

这山水复变也没有改变发生

上天安排的来时去路

好似只能容下一个人

不知是你　还是我

先生

先好几年　生于世
漫长的等待只为遇见
时间是铺设好的过程

先自沉稳　生有爱
紧握的时光是赐予
融合了人间的暖

先生　你好

四行诗

1，你

没有你

我像蚂蚁一样孤独

生活像一阵风

不留情面

2，遇

相遇是上天的安排

是时间的预谋

让等待决堤

淹没过往

3，光

小小的生活

如流水

渗透平凡的日子

所有的懂得是光

4，融

经过的山水

不及你眼中的宇宙

相融与浩瀚中

我的微弱总是在你轨迹中

5，暖

我是你头上的白发

岁月的沉淀

心中的太阳

暖

6，像

我眼中的风景

是你

岁月刻画

成像

国王

他的赞美之词在心中写好了乐谱

他准备好了鲜花美酒

他俯首称臣的决心在所不辞

没有人在乎国王在来时路程跌宕起伏

他们只愿此时粉身碎骨

国王浑然不知

这沸腾的　热闹的崇拜是新衣

是海市蜃楼中的城堡

你们是那华服上的虱子

没错　你们的国王

在那里

触不可及

皇冠

平实中的盛名来得猝不及防

推倒过的墙上留下的种子长出了草

此时随风尽情

如不是漫长路途的跋涉

那沿途曾经给予的灯

点在心中如此闪亮

来得及时的雨

在反复的季节交换中才获得泫然

你翻手我覆云

偶得一冠

肩负虚华

围观的人大可不必

盛宴

建立在月色之上的城堡

锦衣玉食做为言谈的辅料

王子摘下的钻石是今晚最耀眼的话题

贫瘠的思想已装扮极为华丽

每个人的幻想接近光芒

夜越深　越美

他们用大声的喧嚣来凸显各自重要的位置

害怕一不小心之间

被这夜色吞没

欢愉　鼎沸　淹没钻石的光芒

王子与钻石都在那里

是今晚最好的摆设

朱楼

虚妄的心接近天

虔诚也被揉碎丢弃

被承认过的花　开的虚无

琼宇立在谣言之上

片言碎语添加的装饰显得刻意

他说天凉　心易冷

乌云黑得像乌鸦

扑入苍穹之中掩藏着沉重的力量

压在天地之间摇摇欲坠

被欢呼震破的华美景象

在当下支零破碎

你的建造被随时践踏

门可罗雀

显示这时间真相

讽刺中带着真实

花开近处　不是朱楼

辑四：

你看啊，我已高举双手，
把虚情假意举起
在大雨滂沱时
诱惑流成一条河

白日梦

夕阳下舞动的窗帘和散落在一地的光

这美好的氛围让人欢愉

整个干燥的氛围中流淌的音乐像漫延的水

那一次的相遇像是风浪

在不声不响的意念中涨潮

如果能再一次遇见

请不要举起告别的酒杯

碰撞声会把往事敲碎

我们不要在这个下午饮酒

你听　退潮声醉得像白日的梦

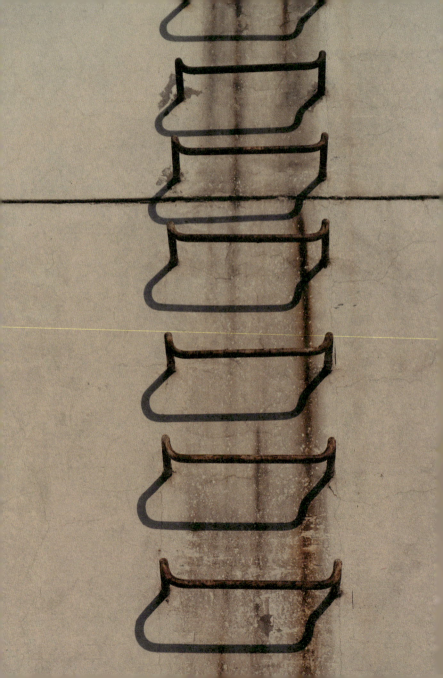

痕迹

秋天从北方侵入　它没有预示

我的来不及念想只剩在最后一片叶子上

被值得原谅的是我自己的浅薄

消耗过的岁月如体温在风中降低

我出现的时候请把我抱紧

抱紧飘散的魂已离开的身体

我那么轻　那么轻

你唯一的感受的重量是深藏许久未表达的爱意

我空空的　像一张纸任你折成什么样子

无形的意念转化成有形的东西

我饱满的情感就立体在你的面前

在稀薄的寄托中被卷起

这皱巴巴的一张纸布满被你攥紧后的痕迹

像是拥抱　像是一场暴风雨

搁浅

不要谈论索然无味相处关系
什么肺腑之言　肝胆相照
在刻意中尽显单薄
被装饰过的情感禁不起流水狂浪
这些过程不需要枉费心机

绚烂是沉静的
失却的疼会收藏的紧实
在回忆中才会触动

不必开口论证得失的道理
光阴中的爱意如此深沉
其实我们都负担不起

敌

我的无所适从是落单的候鸟
是偏了弦的箭
荒凉与落败像钉子一样砸入内心

生活的理论把纠结变为坦然
这人生就是一场战役
谦让的那个不应该是俘虏
而胜利如我们争相品尝的砒霜

我　只是你回眸中的粉身碎骨

请推倒我的城墙
把你的誓言挂起
看你的旌旗荡漾
向我炫耀生活的苦

潮

你是我心里的潮

爱意来临时

翻涌

内心枯竭时

包围

我对你的

思念也是

小确幸也是

春风

挂在深夜里的思绪苍茫着

他的心情也被掩盖

衡量与算计来回折腾

这撕扯让心绪难安

掏空心疼是非

身体变得单薄像纱一样轻盈

意图与情感的对话

它说意图是等待丘比特拉弓的手

它说情感是时间里的沙漏

而你　是春风

暑

牵牛花张开嘴巴在喧闹
把太阳吵的更燥
吵醒浑沉沉的枣树
随风跌落下半熟的果子
无人理睬这盛夏的果实

画

乌云压过来气势像浓墨一样

像是远方捎来的心事

没有预兆地填满现实的空

这个下午秘密被树影摇曳

斑驳中的碎片来回拼凑

只需要一个理由去破解

风吹过的痕迹是一种方式

无法探测却又显得敷衍

这种纠结的迂回只有蝉声的回应

我知道每个夏天的不同

落寞也并不值得渲染

只要你听到身边的海浪的翻滚

我内心的狂热早就汇成一幅画

碎雨

入夏的雨在骤热中显得慌乱

密集地散落　像沉默中的妥协

五月　未必是迎接爽朗的欢喜

春天的风被期待过

我也曾在当日写下爱情的诗

翠鸟在枝头上传唱

在想起这一件无关紧要的事

只是这一场雨的困扰

碎雨中的道别如相识一样理不清头绪

夏日繁茂时

愿我是风你是叶

相拥时一起共舞

真相

镜子它并没有给我安慰

或是说出生活的本质

灵魂和美酒被黑夜兜售

我计划在你心情愉悦的时候交换快乐

不为低头而麻木地审视自己

在这样的深夜里我要导出万般思绪

将纠缠　将温柔克制的假象撕裂

或灌入镜中深埋

它流露的影像似是与我对质

美好与勾勒　现实并不赞同

这不堪一击的真相

借口

并没有计划在这样的一个夜晚喝酒

空旷的房间里无法掩藏忧虑或思念

储备的快乐很难支撑

所以让消沉来的很快

此刻我不能想你

不能把爱挂上心头

喝下蝴蝶飞过的沧海

这样就饱满了我对思念的欲望

留下空空的酒瓶装满自己

是非

黄昏里他有个心事不可言喻

窗外叶子频频舞动着想法藏在风里

小小的念想在余晖中

一晃下沉

不合时宜的话语此刻显得谨慎

还好八九点的黑来得彻底

掩饰了不堪

心思更加沉重如谜

不要恭维　不要涌动如水

你学他人装模做样地点起一支烟

吞吐的烟雾混合着忽闪忽闪的光

在黑夜中辨明了是非

下弦月

我不知道这焦虑有多长

也没人发现思念如触礁般的搁浅

这一秒的决心在迂回中溃败

你知道"菊花之约"的奔赴

那奋不顾身的盟约在秋夜里不止是共酌一杯酒

我的山川你的河流铺在昙花的瞬间

是时间作祟未能巧合

我不能认命

如果有尽快的可能弥补这种残缺的方式

请将爱火燃起　烧完躯体和灵魂

飞散的光和灰没有一丝疼痛

暗夜中这温暖的距离就是到达

请原谅

这没有喊叫的沉默也算是一种怜悯

之间

我不常想起他人
流水的岁月只愿蹉跎自己
想念也是无辜的伤害

我怕庸人自扰
或叶落生根
这两件事算是了却后的心思

往事没有余温
回忆不需要积攒
沉默是灰色

我把鲜花奉上
你当祝福
我当祭奠

你的秋天

你的秋天陷在夏日的黄昏
这没着没落的期待来的仓皇

那晚月光把隐匿的真相透露
你牵着我的影子起舞
倾诉显得悲伤

倔强的坚持像迎接一场灾难
背负和承受也像被一个魔鬼的驱使

骄傲的姿态被绚烂之果酿成了酒
这场浩劫被泡在酒中作乐
分不清是醉还是疼

繁花

似是而非的见解
明目张胆的言辞里
像侵略或许也是一种驯服
在悬疑中充斥着冒险的成分

摇曳的花朵被催开
在隐匿中获得一些绽放的确幸
这欢愉来的并不巧妙和适宜

过程　言而无信
发生如灿烂一般
而花　值得凋零

酿

谎言像一枚毒果被吞食
旧事没有挣扎
将记忆平息

你构造的局面
是赞美
是一种险恶

安慰与适从被当做引子酿入老酒
或许喝下才能现身前世今生

风筝

那个人是荒原，长满草的心没有风吹过
他带着身体走过四季，呼唤春风秋雨
积雨成灾的气候等不到收割的人
这漫无的气息让人死心

它高高在上像照耀　像舍离
让你仰望叹息
跌宕起伏的情节还原不了落地的结果

空旷的天铺满温柔
我怀疑那只风筝不曾飞过

冒险

在春风温和的四月

欲说还休的芽把秘密含在口中

名字与爱交织的构思在心底来回游荡

如若回应

这样局面羞于见人

当然　这是你渴望的

或者也当成一场伟大的冒险

就像是在这没有音讯的凌晨三四点

连尴尬也无人知晓

一条金鱼

它浮游翻沉向我示意

猫在看它跳舞

也是一种诱惑

记忆混淆水中

曼妙中渲染出的美

也是一种危险

出路

这样焦灼的

是不被控制的后果

热爱变得滚烫

来不及咽下

在深夜的波涛中翻滚

月亮是这晚最冷静的旁观者

它没有暗示出口和原由

你看　我醉倒之后并未吐露真言

空酒瓶子对我嘲笑

它知道我吞下了欢愉

当单薄的身体嵌入夜色

我知道我已在人群中退去

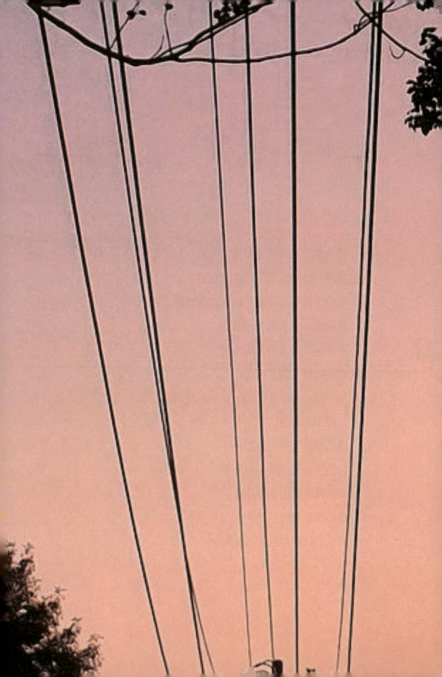

花之下

音乐似竹笛还是箫都没有关系
情绪的感染压低了花朵的叹息
有许多奔涌的念想　混杂悲喜之间
你唱吧　关于丢失的渴望
不成调子的音符七零八落
拼凑出钟爱的信仰

时间用来做梦
恰巧也是等待的过程
我们谈论交付情感的分量
所以你的描述被算计过
显得深思熟虑
而我　跌宕在狂欢的余兴中

这些的诞生尚未来临

就当做无知也好

理由以无法预测来编织

就好像这满园的花

哪一朵先开

哪一朵先落

时光悠悠

时光它缓慢而用力

抓不住的未知藏到年岁中

看不出痕迹

我曾在这无知的懵懂中撒欢

也是想讨得你的眷顾和欢喜

如果前路在你的呵护中变得小心翼翼

那是我发觉了你所有的赐予

当我的沉静无处安存

我想你伸开双手

一把拉住岁月

一把拉住我

在悠悠的时光中展开秘密

辑五

沉溺的那些事物在水鸟的叫
声中震碎
我们如何担心

感应

事到如今没有可解释的缘由
某个下午到黄昏　极力克制地想念
这样悬挂的心有些危险

不停的拉扯　不能言说的涌动
也迷信过第六感的方式与你通达
我的虔诚却没有让自己心安

当我的思念加剧
不知是低下头屈服来得畅快
还是该仰望这不可及的欲望

趁着黑夜把霓虹闪烁披在身上
潜入夜幕中的风里　把执念纠缠一番
我知道你只是那耀眼的一道光

一棵树

每个人死后坟前会种上一棵树

这世上一棵树的期望福孙荫子

祭拜中的泪水也许能将它灌溉

隔着尘土的倾诉也许能让它滋养

悲伤不会在活着的人中放大

在年轮中被磨灭

泪水中结不出果实

埋下的没有希望也没有寄托

飘散的灵魂已走失

悲哀的事情没有升华

镌刻在铁石心肠上的尊严不会被铭记

这跌跌撞撞的人生像一个泡影

如若是我葬在那里

将于大地混为一起

我连一棵树也不需要

漩涡

被歌颂的事物堆放在角落里

如灰毛衣上的尘土嵌到最深处

诚恳的需求困住假象

一点一点撑起和平的局面

至少把指责也掩埋掉

我们在河流的深处唤醒喜悦

而良知与罪恶都会被漩涡带走

岸上的人啊　曾对美好深信不疑

你看枯竭的河床曾饱满深邃

水里的鱼不会为苍老死去

这浅薄是风景

看不见的河水已蔓延心扉

沉溺的那些事物在水鸟的叫声中震碎

我们如何担心

生长

他们像我年少时一样保持欢笑

在年长后忘记时光

请你们借我一点快乐

借我一点没心没肺的坦诚

第一次抽烟的冲动

如失足跌落河塘的晕眩

敞开双手骑着自行车的勇敢

自由地像风一样

成长如火

年少的快乐是一片草

假象

霾 掩盖的气息压得心慌

散漫着像未扑灭的余烬

人总在沉闷中 心绪加重

把希望画的渺小

在没有探知的内心中落荒

急于寻找来路缤纷的途径

你的话题虽然略显矫情

但这一丝的回应被默认为是慰藉

当我披上那件轻薄的信任去迎合时

余烬的火就会复燃

在你指引星辰的路上

我必须咽下这压在心口的霾

南方姐姐的问候

远在南方的姐姐给我一句问候

是晚霞跌落的美

也是漫天消泺的空虚

我们谈论朝阳北路一座横桥下的堵车

那年圣诞夜的大雪和一位女歌手的噩耗

团结湖的饺子　女人街的米粉

和香姐姐一同躺在沙发上敷着面膜大笑

还有我们不常记起的那位英文老师

现实荡漾在虚幻之间

像木棉花一样熊熊燃烧

回忆在交集中沉沦

我们总在适当的时候捡起自己

把跌宕起伏的心呵护

把爱恨交织缠在腰身

这未了不了的忧伤在岁月中不堪回首

如风

你像风在我的内心深处呼啸

未曾领略的凌厉打碎我所有的形式

荒谬的理想也在作祟

一颗心碎成七瓣八瓣的　各怀思绪

我把想念变成了担忧

也曾在内心的缺口写好两个字

让平凡的生活中被你点亮或侵蚀

不如　让我们再次选择相遇

这一次

我破败的城堡禁不起一丝风

也曾

在内心的缺口写好两个字

让平凡的生活中
被你
点亮或侵蚀

插曲

第 7 辆公交车路过

不明不白地路过

暗示这样的等待是千折百回

像抓不住的稻草

暗自揣测的心也变得黄了

像深夜的路灯一样黄

爱神居高临下看不见

一位用心的人靠在站牌下细数 60、59、58、57……

埋藏心事的人不能靠近

22、21、20、19、18、17……

被倒数的最后 1 分钟里

他像一个插曲

瞬

霓虹灯在夜色中仓皇逃脱

这悲戚的氛围将在黎明中揭晓

昨夜来不及掂量

发生的是偶然也极易掰碎

你知道天明之后

这颗心是空的

被猎户座掏空了的黑

整个银河系中未能显露出紧巴巴的伤

当黄昏袭来把皮囊摊开成一张纸

这获取或是索求都写在上面

黑暗中的字句似宇宙一样模糊

启示

这种疏离感　我们心照不宣

耐心被时间偷走撕碎

因此　思虑再少一点就让分裂更合理

那些被赞美的可以被忽略

你并不是娇艳的花

衰败的理由也不值得再去追究

结局是一颗跌落的草籽

它需要飘散或落地生根

后来如你遇见

那不是追随　是散落的魂

洞悉

最后一支烟燃尽

留下的红色灰烬在挣扎

寂静被烫破

防御的黑夜也被劐开

往事在杯中摇晃

像捂不住的暗涌

夜在沸腾中翻滚

情感混在错乱中跌宕

我的提心吊胆被识破

烟缸里掐灭的是被洞悉的伤

表白

趁着我虚妄的心滋生

要把对你的爱意表述一遍

一遍又一遍地演习这未可能的发生

我的脆弱已被你握紧

我的孤注一掷也要向你宣誓

这样的执着

铺在希望里飘着

所有的一切都不需要忏悔和怜悯

请不要大声的哭泣

在你没有出现的早晨或是黄昏里

我早已准备了绝望和新生

荒诞的思绪　在当下也是一味灵药

吞下的喜忧都能缓解

失意者

还有微弱的力气去呼喊
眼泪能承受的都是奚落

是失去的唾弃
辜负与可怜
沦陷在俗世

眼中的日月
饱含热爱
是无可触及

捧不出信仰
不多　也不对

唉！

短短的一声叹息呼出了挫败挣扎

是对来日方长的一丝嘲讽

鉴于小事的仓皇和无能为力的回转

被宠爱的习惯凝结成一出闹剧

用尽了的心思化成了茧

想要拨开喜悦示人

却没找到炫耀的密码

唉！这一个字是最准确的给予

但也没有显得那么云淡风轻

多余

陌生人　我不该全盘托出我的想法

你看这酒喝到尽头

只留下氛围

我要等天明之前脱身而去

年轻的人　话比较狠

说酒用来买醉续命

说在这个晚上需要谱写光明

他点烟

那忽闪忽闪的烟火生猛而又力竭

像吞吐出今夜的梦

像西海岸落去的风

而我的担忧和焦虑是被掐在手中那支"玉溪"

梦田

身体被缩小成碎片　在漆黑中下沉
被打开的时间总在摇摆
它混淆着灵魂的方向去处
也未曾解开真正的谜底

是枕头里装满的时光翻涌起来
像翻起干涩的土地
它要播下往事的纠葛
又像要毁灭坚实的现状

今夜　把温情蜜意构织成田
梦境中没有迷途知返的说辞
眼中的潮如暗夜繁花
在梦田摇曳生姿

今夜 把温情蜜意构织成田

梦境中没有迷途知返的说辞

轻

我要将褪去水分的身体风干
挂在你的灵魂最高处
让离去显得悲壮而又招摇

我拒绝向你谄媚
爱是一种壮举
饱含着热烈与荒凉

有些仅存的念头还未能到达希望
请把凤冠收起

这道别并不沉重
你荒芜的情感本来就那么空
只是卑微显得太重

秋云之上

入秋的云变得清淡

缥缈地悬挂有一丝仙气

在地上的张望总会存有幻想

是相遇的讯息在召唤

它变成牛　羊　大象　鹰　飞鹤

它变成笑脸　忧伤　开怀和无所顾忌

你想它是什么就是什么

那时分离太早

这些凝重的情感无法表达

那么我想

云上有一座相遇之城

我的到达和你的相认

会在某个秋天的云之上

炫耀

她盘起长发像堆砌的云

他朝阳的脸上铺满了光

她端起茶杯

他点上一支烟

只是一场相识

往事悠然

心埋伏笔

旧情　稍差人意

沉默是预示

也算判断了结局

没有话题持续的整个下午

像完成一个拼凑的日光浴

始终没有张口说出半个字

她端起茶杯动人的姿态

混在他吐出的烟雾中

有些撩人　像是一种炫耀

玄念

与山河之间的壮阔相比
爱与恨的较量黯然失色
凝重的心绪也无迹可寻

半生的经历来阐述悲喜
像没有源头的河水
在广袤的人间虚构

我的名字曾被深情的呼唤
而又在跌宕之间被扯碎
曾经交付一两片心事在玄念之中
一片是值得一片是忘记

去庆祝吧

去庆祝吧

这小小的爱慕被放大

隐藏的微妙感受得到了回馈

这种值得是天崩地裂的

像获取到一种滋养的方式

静待花开　幻想果子成熟的过程

这踉跄的半生里如能被你承受也算是幸运

被人耻笑也变得不值得一提

情感是春日湖面上的冰

如搁在我心里的寒

不要亲抚它

平静而温和的交融

足以让我撑过夏日对你的幻灭

抒写

黄昏晒成黑　长夜苍白

在微凉的晨　每一次惊醒

如混沌的野猫常年潜逃

我以为可以将新事医好旧疾

这满满当当的发生　已挫败不及

他去的时候未能让我的辛酸倾吐

他不知道这世间的苍凉会将我笼罩

每一个深夜在心中抒写爱与抱负

它填在光阴皱纹的罅隙里

把来时去路也都铺满

后记

时隔两年，再出这一本诗集也是我自己未想到的事情，这两年来生活和工作发生了许多变化，感受时间的流逝，物是人非。父亲的离开是我最直观的悲伤，和母亲那时离开一样，翻覆着无限悲伤与失落，陪我辗转到各个地方。

本身我并不是一个开朗乐观的人，每次都是极力调动情绪让自己在每个环境中适应，去做好另外一个自己，在与他人交往的过程中，很难打开自己，感觉内心藏着一道闸口，一旦打开局面不可收拾。但总在某一个时间，恰好可以遇到那个可以敞开心扉的人。

我们的谈话不外乎几个话题，情感、家庭、工作及社会环境带来的琐碎，这些困扰和牵绊时刻埋藏在每个人心中翻滚，直至某一个时刻的酒后吐真言，或是心平气和地娓娓道来……其实不

我今晚梦见了比秋天还长的沙漠

管用什么方式都可以证明这些困扰和牵绊都会终将过去，而在我的世界中那些发生的和失去的都是一个个里程碑。

也正是这些心灵的交集，给我的内心留下许多片刻的回想，这些短暂而不设防的交流直至凝结成这些只言片语的"诗"。

在一刹那的情感交集中，我只是一个聆听者，也并未能参与那些答惑解疑，触动我的是我们身处这个生活环境中的不同感受，寥寥数句也不能代表你我的全部，但这些相识和交集之后的感受总会在我的内心深处波动。如果这些短短的文字凝聚成的"诗"能让你读过之后感同身受，这是更值得欣慰的事情。

我希望我们的每一次相遇都是开始，都可以敞开心扉，就像阿根廷女诗人 Pizarnik 在她的诗中写的那样：
　　"任何禁区的彼岸，都有一面镜子照出我们透明的悲伤"
　　……
　　"你选择伤口的位置　我们在里面说我们的沉默"。

最后要感谢出版人刘昕、编辑王杰，感谢王先生对这本诗集做出的贡献，感恩！

展翅 2022 年 9 月 22 日于北京